꽃말을 시로 읊은

가슴 저민 자화상

박노식 시화집

기다림은 쓴 약처럼
입술을 깨무는 일

달아실기획시집
33

달아실

보조 용언과 합성 명사의 띄어쓰기 등 본문의 맞춤법은 시인의 의도에 따른 것임.

시인의 말

알고도
말하지 않은 것은
나에게 오는 상처가
너무 크고 두려웠기 때문,
그가 와서
나는 붉은 꽃잎으로 물들었으나
그 사이
그가 가버렸으므로
이제는 추한 몰골이 되었다.
그러나
눈 오는 밤
산정의 키 큰 나무로 홀로 서서
온몸이 설화가 되어버린
그에게
내 심장의 고운 까마귀가 써 내려간
이 꽃말시를
바친다.

문을 닫는다.

2024년 봄
가천(佳泉) 창작실 동쪽 창가에서 박노식

차례

기다림은 쓴 약처럼 입술을 깨무는 일

꽃말을 시로 읊은
가슴 저민 자화상

젊은 날의 추억
— 라일락꽃

그가 꺾어온 라일락꽃은 창가 약봉지 위에서 마르고 나의 기침은 잦아들었다

저녁이 오고 불안이 오고 질투가 오고 결핍이 오고 그리움이 온다

기다림은 쓴 약처럼 입술을 깨무는 일

연보랏빛이 바래서 바스라지고 거기에 한 소녀가 있다

<라일락꽃>, 캔버스 위에 아크릴 오브제, 52×47cm

자기애
— 수선화

마주 앉아서 그대의 말끝을 따라갈 때면 어느새 저녁이 오고 나의 눈빛은 강 하구에 이릅니다

가만히 보면 그대 얼굴이 우물 같아서 달이 뜨고 거기에 내 얼굴도 떠 있습니다

그대는 흰 꽃잎으로 나는 노란 꽃잎으로 다시 태어나서 우리는 지금 서로의 운명을 살아가고 있는지도 모릅니다

<수선화>, 캔버스 위에 아크릴, 90×60cm

당신을 버리지 않을게요
— 사랑초

어느 날의 길은 안개와 노을과 이슬과 그늘과 눈물이 스며 있어서 나의 그림자가 무겁다

밤은 아프다

그에게로 가는 길에 여러 개의 물웅덩이를 만나 얼굴을 비추고 손을 적신다

껴안는 꿈은 그가 서럽기 때문인데 내가 안기어 있다

<사랑초>, 종합재료, 43×41cm

모든 슬픔이 사라진다
— 미선나무꽃

아득한 기억처럼 슬퍼지는 시간들이 있지요
폭발 직전의 꽃망울은 순수의 가지에 놓여서 눈을 감아요
지난 노래를 부르지 말아요
한 장 꽃잎이 강물에 떠내려간들 누가 울어주나요
눈물은 온몸에 있어요
온몸이 울어요
당신이 다시 돌아와 내 눈물의 노래가 되었어요

<미선나무>, 나무컷팅에 아크릴, 108×37×2.5cm

조숙
— 모과나무꽃

키 큰 나무 아래 조용한 벤치에 누워서 손깍지 베개를 합니다

당신의 여리고 조숙한 유년 시절의 꽃들이 잎새에 가려서 빛나고 있습니다

가시가 없어서 숨어 피는 꽃처럼 당신의 순정은 어디에서나 빛날 것이지만 나는 그게 아픕니다

상심이 당신을 아름답게 키워서 여기까지 데려온 걸 압니다

<모과나무꽃>, 수인회화, 가변크기

소박함
— 고들빼기꽃

은접시에 새겨진 노란 꽃잎을 쓰다듬는 너의 손길이 다정하다

너의 이야기 속에는 새털구름과 양떼구름이 흘러가고 간혹 미루나무 푸른 잎들이 고갤 숙이듯 부끄러움이 숨어 있다

정이 많아서 다친 새들을 자주 보았다 네가 그렇다

너의 소박함은 아주 먼 데서 날아온 소식 같아서 내 목이 마른다

늦은 밤길에도 서둘러 돌아가지 않는 너의 마음을 아낀다

<고들빼기꽃>, 캔버스 위에 아크릴, 90×60cm

기다려주오

— 황매화

어깨 위에 잠시 머물다 떠난 노랑나비를 기억합니다

당신의 고요한 눈과 새의 깃털처럼 가지런한 두 눈썹에서 당신의 옛날을 읽습니다

지금 내게 가장 가까운 당신은 예전에 크게 앓던 사람

흰 꽃에 앉은 노랑나비가 접었던 날개를 펼 때,

나를 한없이 기다려주던 당신의 순정이 떠오릅니다

<황매화>, 나무컷팅에 아크릴, 71×41×2.5cm

당신께 나의 모든 것을 드립니다
— 냉이꽃

꽃이 피는 꿈을 꾸고 사흘을 울었다

어떤 꽃 앞에서는 옷깃을 여미고 집으로 돌아와 서른 날을 또 울었다

장마가 지고 서리가 내리고 눈보라가 치면서 새봄이 왔다

어느 날 처음 본 꽃을 미술관에서 만났다

그 꽃잎 들추고 들어가 서른 해를 울고 싶었다

<냉이꽃>, 캔버스 위에 유화, 54×45cm

수줍음
— 앵두꽃

봄비에 흰 볼이 더 창백해진 앵두꽃은 숨을 곳이 없네

꽃이 피는 건 설렘과 두려움이 함께 오는 것

너의 얼굴빛과 고즈넉한 어깨에서 저 꽃을 보네

<앵두꽃>, 캔버스 위에 아크릴, 90×60cm

나를 생각해주세요
— 제비꽃

나에게는 가깝고 너에게는 먼 이야기가 하나 있다

난 앓아누운 채 슬펐으나 너의 걸음은 빨라서 인파 속으로 달아나고 소식이 뜸했다

하지만 아름다운 꽃들이 스스로 무너져 옛날을 쉬이 잊는다 해도 너는 곧 돌아올 줄 믿었다

그리고 나를 생각하는 너의 마음이 별빛만큼 깊은 것도 어둠 속에서 느꼈다

<제비꽃>, 캔버스 위에 아크릴, 90×60cm

순수한 사랑
— 백합

당신은 양손에 흰 꽃을 쥐고 꿈꾸기를 좋아해서 우는 날이 많았습니다

당신 곁의 어떤 눈들은 거미줄 같고 바늘 같고 독버섯 같고 생선뼈 같고 망치 같고 쉬파리 같고 늑대 발톱 같아서 위태롭고 역겹습니다

그러나 나는 양떼구름을 불러 그 사악한 눈들을 잠재우고 당신의 순수한 사랑 곁에 오래 머물렀습니다

<백합>, 나무컷팅에 아크릴, 40×39×2.5cm

고독
— 찔레꽃

먼저 저녁 길을 내려가던 당신의 뒷모습을 물끄러미 읽은 적이 있습니다

걸음에는 강과 구름과 바람이 있고 쓸쓸한 애인이 깃들었습니다

당신의 환한 웃음 뒤에 어둔 조약돌 하나가 살고 있음을 나는 압니다

흰 꽃은 아픔이고 당신의 걸음걸이를 닮았습니다

<찔레꽃>, 나무컷팅에 아크릴, 40×39×2.5cm

영원한 사랑
— 이팝나무꽃

상실의 시대에는 구름마저 꽃을 만들지 않는다

오월이 왔다

그녀는 나의 손을 이끌고 망월동의 이팝나무에게로 가자고 한다

영원한 사랑은 강물처럼 이어진다

흰 꽃잎만큼이나 눈부신 사람들의 머리 위로 눈꽃이 내려와 강을 이루었다

아, 사랑은 이렇듯 대를 이어 흘러가는구나!

<이팝나무꽃>, 캔버스 위에 아크릴, 80×70cm

참사랑
— 금창초

네가 수없이 다녀간 그곳에 보랏빛 꽃이 피어서 나는 즐겁단다

어느 날은 오래 머물러주렴, 내가 휘파람새가 되어 너의 노래를 불러줄게

어제 대낮엔 그 꽃잎 속에서 파도 소리를 들은 거야

너와 함께 고통을 나누는 시간처럼 저 보랏빛도 오래 머물렀으면 좋겠어

<금창초>, 캔버스 위에 아크릴, 90×60cm

당신을 따르겠습니다
— 금낭화

당신이 쉬이 울컥해지는 건 그 큰 눈 속의 잔물결 때문이에요

불혹을 지나가는 눈망울에는 지금도 유년의 별빛이 남아 있어요

어릴 적, 만경들녘의 밤별은 주먹만 해서 그 안에 둥지를 틀고 새알처럼 꿈을 꾸었다는 말을 들은 기억이 있지요

당신은 이제 어디에도 없고 오직 내 안의 둥지에서 슬픈 별이 되었어요

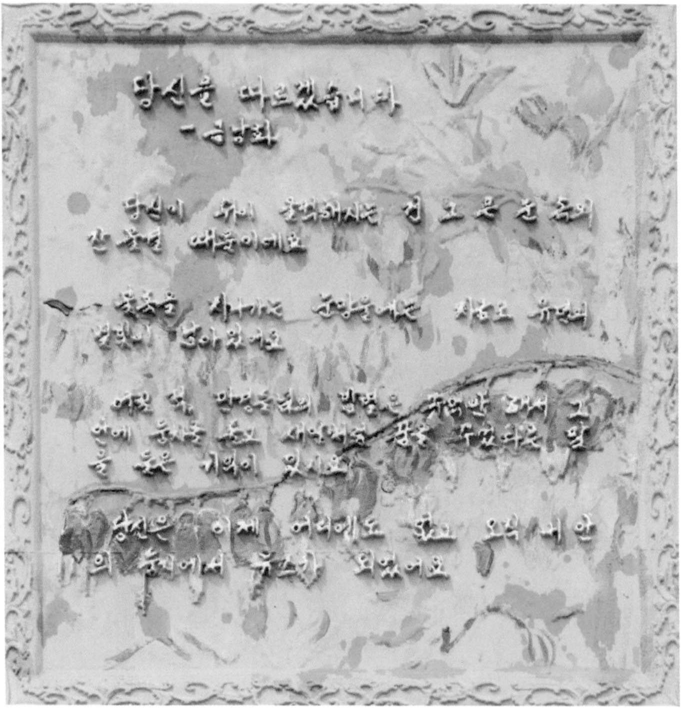

<금낭화>, 나무컷팅에 아크릴, 40×39×2.5cm

원숙한 아름다움
— 석류꽃

자주 토라져서 침묵이 오고 눈물이 오고 찬 말들이 가슴을 찔렀지

오래 가지 않아 손을 잡아도 품은 내주지 않았어

긴 강둑보다 바다를 먼저 찾은 건 말이 소용없기 때문이지만 넌 수평선처럼 입을 다물고 난 파도처럼 심장이 뛰었던 거야

네가 뭍으로 가서 쉬이 잠든 걸 알아

나는 바다 위 뭉게구름의 실루엣을 어루만지며 속앓이를 했을 뿐,

일백여든 날을 기다렸지만 넌 소식이 없고 마침내 난 석굴로부터 기어 나왔지

아, 그 뭉게구름이 그 자리에서 붉게 물든 채 서서히 벌어지고 있었어

<석류꽃>, 수인회화, 146.5×76.5cm

기쁜 소식
— 붓꽃

내 생의 반은 모퉁이를 돌아가는 인력거의 바퀴처럼 안이 어둡고 더뎠다

한 소식이 오기까지 수천의 유성들이 산과 강과 바다와 들녘 너머로 떨어졌다

그날 그가 내게로 와서 가슴의 별이 되어준 건 운명,

천둥과 번개와 빗줄기의 공포 속에서 길을 걸을 때 그가 거기 있었으므로 최초로 나를 발견한 셈이다

저 우울하고 고독하고 고귀한 색은 하늘이 내어서 내게로 보낸 것이다

<붓꽃>, 캔버스 위에 아크릴, 90×60cm

추억
— 꿀풀

추억, 이미 흘러갔으나 순간 닥쳐올지 모를 일이므로 공포를 주는 말, 아린 말

어제의 연민은 오늘의 어둠이 되고 오늘의 울적함은 어제의 그리움이었던 것

꽃들도 작별할 때를 알기에 제 가슴을 두드려 스스로 빛나는 것일까?

입장을 바꾸지 않으면 처음이 안 보이는 것처럼 우리에겐 돌이킬 슬픔이 없어야 해

그래서 뒤돌아볼 그 무엇도 없이 이대로 솟아올라 벼랑 끝의 보랏빛으로 사는 거야

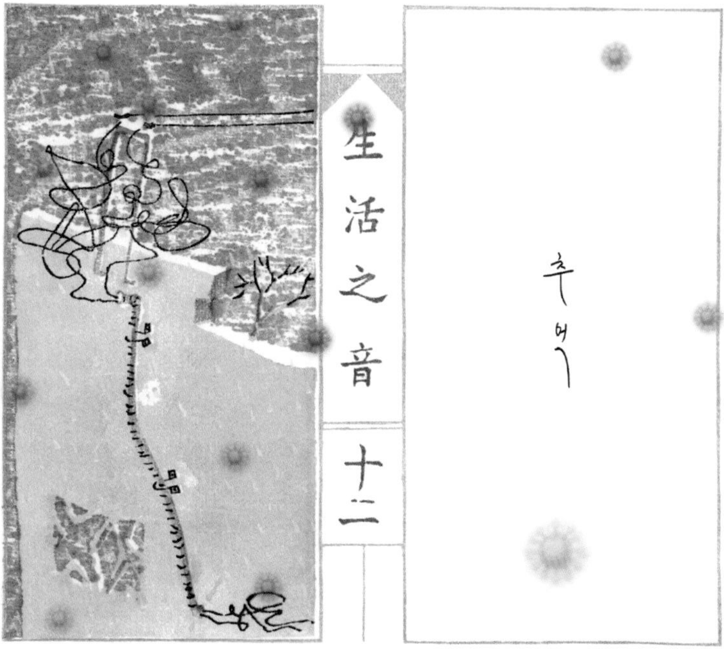

<꿀풀>, 수인회화, 가변크기

상쾌한 기분
— 금계국

꿈을 꾸는 건 아침이 오는 것과 같아요

유월의 아침은 암흑의 지난날들을 일시에 바꿔버리죠

그가 낯섦의 한 방식이 되어주듯 시달림도 때론 달콤할 때가 있어요

그의 모든 말은 노란 꽃들처럼 상쾌한 기분을 남겨요

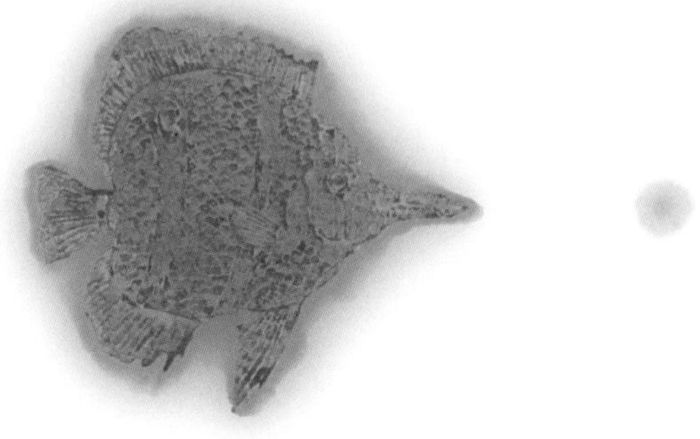

<금계국>, 수인회화, 가변크기

애정 결핍
— 산딸기꽃

그늘 안에서 흰 꽃은 더 고요하고 깊은 노래를 부른다

결핍은 이별 편지의 첫 문장처럼 눈이 오고 비가 내려서 쓸쓸한 사람이 제 그림자를 감추는 것과 같다

당신의 눈빛은 홀로 나는 나비의 날갯짓을 보고도 외로움을 느낀다

어느 계절 속에서나 소식 없는 이의 침묵을 찾아 당신은 모든 슬픔을 다 내어주고 만다

<산딸기꽃>, 종이에 목판인쇄, 아크릴, 30×30cm, 30ea

당신의 사랑은 알 수 없습니다
— 수련꽃

더는 노래 부르지 않아도 아침이 오고 봄이 오고 꽃들은 피어날 것이다

나의 얼굴을 비추어주던 큰 못은 이제 수련의 집이 되었다

물 위의 꿈, 물 위의 잠

어느 날의 당신은 샛별 같고 갓털 같고 총구 같고 염주 같고 솜사탕 같고, 다시 주먹 같고 무지개 같고 조약돌 같고 백록담 같고, 다시 매의 눈 같고 벌어진 꽃잎 같고 잠든 만월 같고, 다시 천도天桃 같고 복어 같고, 다시 풍선 같고, 다시……

잠든 꽃의 마음을 알 수 없듯 당신의 사랑도 그럴 때가 있다

<수련꽃>, 나무컷팅에 아크릴, 56×35×2.5cm

기다림
— 파초

상상은 새의 날개처럼 자유로워서 병을 키운다

그가 한 계절의 꽃을 찾아 나비처럼 다가왔을 때 한 사람은 넋을 놓고 있었다

그날 나의 잠은 파초 아래에서 별들이 내려보낸 이슬을 덮고 현몽을 얻었다

혼자여서 불우하다고 여길 때 어떤 기다림은 이미 와 있었던 것이다

<파초>, 캔버스 위에 아크릴, 90×60cm

한없는 즐거움
— 치자꽃

구름이 못 하는 일을 네 마음이 빚어서 피워놓은 걸 알아

눈과 코와 입술을 일시에 빼앗는 건 너의 슬픔이 깊기 때문이지

어쩌면 나는 네가 길들인 철없는 짐승일지도 몰라

너에게 취해서 혼을 놓는 이가 있다면 나 혼자였음 좋겠어

<치자꽃>, 수인회화, 가변크기

언제나 사랑해
— 패랭이꽃

물이 드는 건 서로에게 자기 전부가 가는 거야

이제 좀 느슨해져서 나의 근심이 가벼워질 때 너의 목소리도 풀리는 걸 느껴

밖에서 네가 눈에 띄는 건 유난히 붉기 때문이지

조바심과 목마름과 허기진 밤의 추억도 결국 나의 것만은 아니란 걸 알아

생각해봐, 멀수록 다가가서 노래하는 것처럼 더 큰 아름다움은 없어

<패랭이꽃>, 수인회화, 가변크기

당신의 마음은 진실로 아름답다
— 큰꽃으아리

오래 머물렀던 나의 자리에 네가 가서 백석의 시를 자주 읊었다는 소식을 들었다

너는 나타샤가 아니어도 좋고 신석정의 란이가 아니어도 좋고 김수영의 미인이 아니어도 좋다

오솔길에서 유난히 밝은 흰 꽃을 발견하는 건 즐거운 일이다

머잖아 네가 내 시 속에서 자주 웃고 기뻐할 날이 올 것이다

<큰꽃으아리>, 캔버스 위에 아크릴, 90×60cm

사랑의 노래를 부르는 꽃

— 낭아초

어느 날, 구름 같은 걸음이 조용히 내 앞에 멈춰섰어요

두려움도 없이 나에게로 들어와 오랜 시간을 보내며 그는 즐거워했어요

“이게 뭐지?” 하고 놀랐을 땐 이미 그의 입에서 절로 노래가 흘러나왔지요

그리고 이런 말을 남긴 것도 같아요
“지금 당신의 마음이 가장 내 마음 가까이에 닿았어요.” 라고

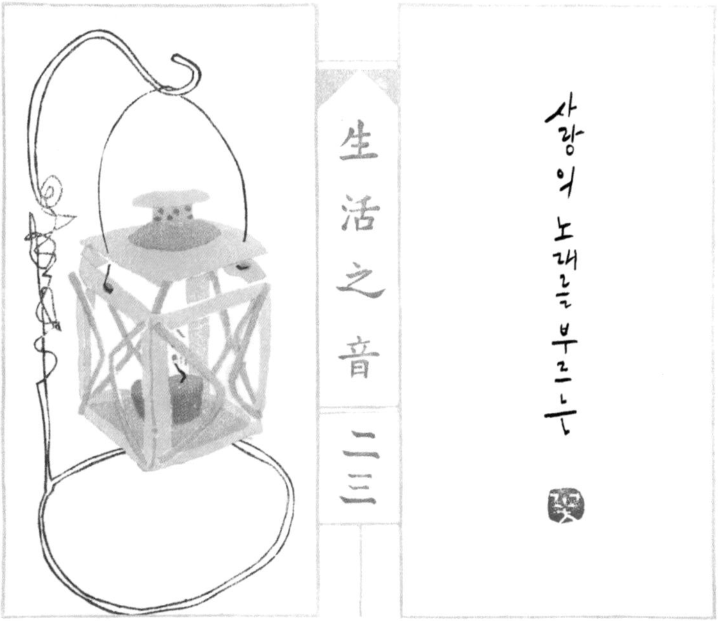

<낭아초>, 수인회화, 가변크기

오랜 기다림
— 달맞이꽃

꽃나무 아래 수북한 꽃잎들을 보면 기다림도 저와 같아서 몹시 아릴 거예요

정이 쌓이는 일처럼 애처로움도 함께 들어서서 당신은 눈물을 만들고 그 속에서 쓸쓸히 잠든 것을 압니다

아주 오랜 기다림은 내가 당신을 찾아가는 시간의 깊이만큼 회한을 남길 뿐,

저 꽃잎들이 바스라질 때 간신히 나를 이해하는 당신의 마음을 읽을 날이 올 거라 믿어요

<달맞이꽃>, 나무컷팅에 카슈, 37×27×2.5cm

풋사랑
— 나팔꽃

그는 꽃잎을 따서 늘 윗주머니에 넣는 버릇이 있어요

사계절을 함께 보냈으니 그의 가슴도 꽃으로 물들었을 거예요

그러나 나의 꽃잎은 여러 손길이 닿고 스쳐서 한가로울 수 없어요

그가 딴 꽃잎은 나의 거죽일 뿐, 나는 늘 자유로워서 주인을 기다리지 않아요

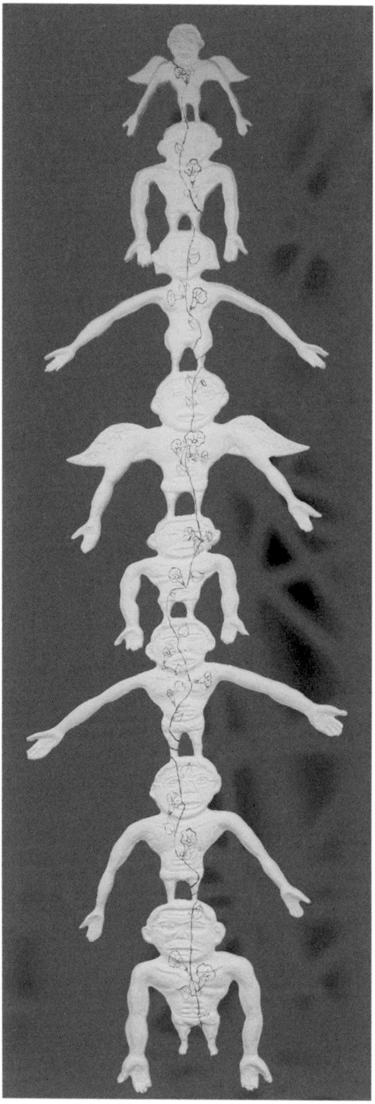

<나팔꽃>
나무컷팅에 아크릴, 215×67×2.5cm

미인의 잠결
— 해당화

내 책상 한편에는 작은 조약돌과 흰 소라 껍데기들이 삭고 있습니다

우리가 여러 날 해변을 걸을 때는 가슴이 파도처럼 출렁거렸고 그래서 서로를 조금 아파해주기도 했습니다

그대가 쉬이 잠이 드는 건 바다를 너무 좋아해서 파도 위에 지친 마음을 놓아버렸기 때문입니다

그대, 미인의 잠결에는 꽃이 피고 구름이 일고 파도 소리가 넘쳐서 나의 불안이 오래 머물렀습니다

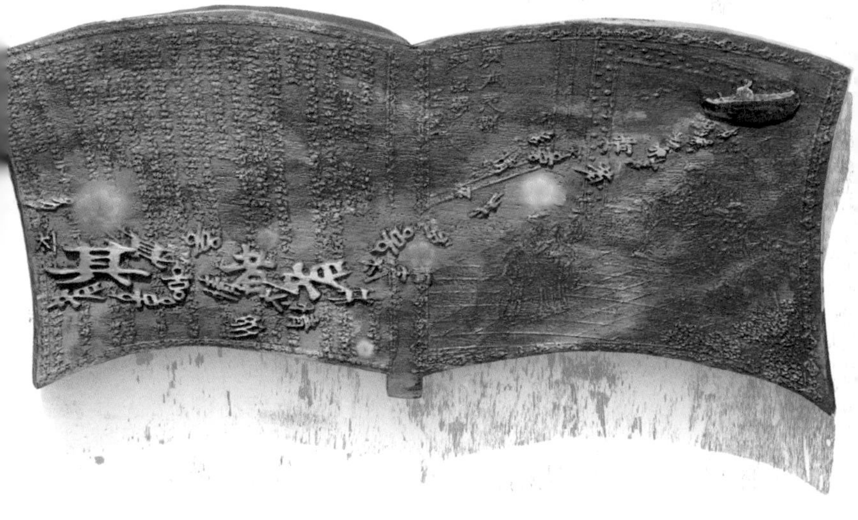

<해당화>, 나무컷팅에 아크릴, 70×30×2.5cm

시들지 않은 사랑
— 맨드라미꽃

그 어떤 소식은 한 사람의 침묵을 허물고 그 자리에 꽃을 피우게 하지

견고한 꽃, 불같은 꽃

그대는 이미 미인이 되었지만 자주 그늘에 들고 또 앓은 날이 많았어

문득 껴안는 꿈이 그대로부터 오는 소식 같아서 그대도 놀라고 나도 놀라고

모든 것은 첫눈에 반할 때 이루어지지

한 번 온 꽃이 시들지 않는 것은 그대의 자유로운 정서가 전부 내게로 오는 일과 같아

<맨드라미꽃>, 캔버스 위에 아크릴, 90×60cm

믿는 마음
— 과꽃

그의 입가에는 속이 내비치는 푸른 치마의 떨림 같은 청순이 묻어 있어요

꽃이 피는 순간의 긴장과 잠든 나비의 평온과 깨어난 아침의 설렘이 언뜻 보여요

그러나 어느 날의 입가에는 단절과 회한, 그리고 가벼운 설움이 숨어 있어요

나의 탄식은 크지만, 오직 믿는 마음은 그가 울어서 나에게 오는 것과 같아요

<과꽃>, 수인회화, 가변크기

덧없는 사랑
— 바람꽃

갈등은 느낌의 문제야

처음의 서로에게로 돌아갈 수 없으니까 별은 안 보이고 아픔만 남는 것과 같아

결국 혼자 남아서 밤고양이처럼 새 길을 찾아 나서는 건 너의 오랜 경험일지도 몰라

네가 보다 크고 멋진 별을 좇는다 하니 함께 빛나길 바라, 하지만

철 지난 해변에서 그 한여름 날의 뭉게구름을 찾는 것은 괜한 헛수고일 따름이야

생각해봐, 어리석은 욕망은 이미 자기 안에서 싹트고 있었던 거니까

<바람꽃>, 수인회화, 가변크기

조용한 사랑
— 옥잠화

이 앓던 밤에 별을 보러 나왔지

아무에게나 홀려서 그 치통 좀 잊어보려고 했던 거야

북두칠성은 운주사 칠성바위 위에 그대로 떠 있고 내 오른뺨 뒤로는 백조가 날고 거문고가 울고 은하수가 흘렀어

한데, 갑자기 종아리가 간지러운 거야

뒤돌아보니까 웬걸, 어둠 속에서 흰 꽃들이 밖을 향해 무언가를 외치고 있었던 거지

다만 한 꽃은 아~, 하고 조용히 입을 벌린 채 나의 종아리에 기대어 소곤대는 거 같았어

자기를 데려가라는 듯이 자기 속으로 들어오라는 듯이

그래서 한참 고민을 했던 것 같은데, 그때까지 나는 내가 치통을 앓고 있는지도 몰랐지

결국 그 한 꽃이 나를 홀려서 치통이 멈추고 그 자리에서 아침을 맞았던 거야

<옥잠화>, 수인회화, 150×28cm

순진무구
— 채송화

왠지 눈물이 쏟아질 거 같으면 그 꽃을 가슴에 그려봐요

서러운 것은 사랑의 뒷면처럼 당신의 얼굴이에요

뜨거워야 고요의 그늘을 발견하듯 잔잔함 속엔 큰 불덩이가 숨어 있죠

스스로 터져버려야 온전한 밝음이 오는 거예요

나는 어디에도 없고 당신도 어디에나 없을 때,

텅 빈 하늘이 우리에게 그 꽃을 피워줄 거라 믿어요

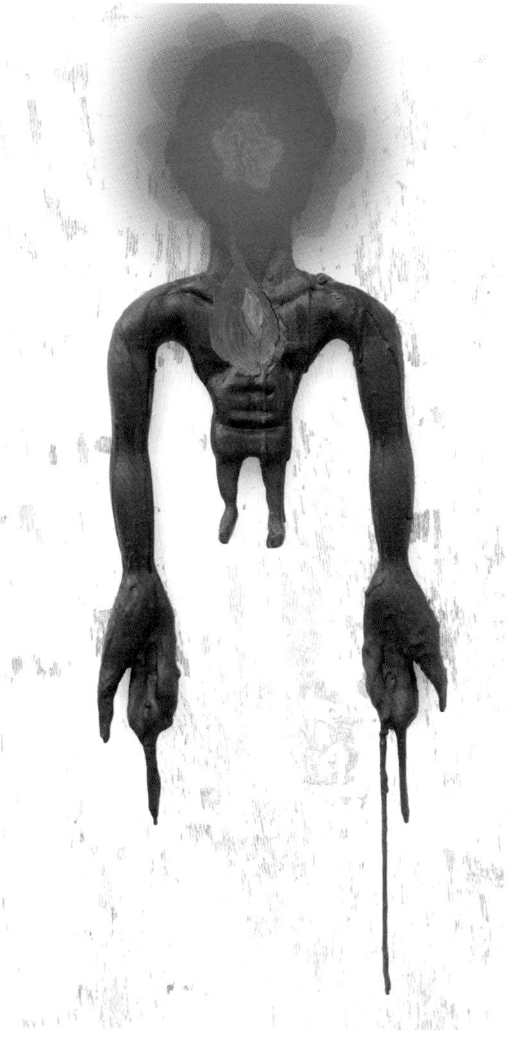

<채송화>, 나무컷팅에 아크릴, 55×21×2.5cm

사랑의 용기
— 호박꽃

웃는 얼굴 너머에는 지친 그늘이 드리워져 있지요

가만히 보면 밀려난 꽃인 양 수줍어도 그게 미인이에요

보이는 것이 진실의 전부가 아니듯 속으로 앓는 것만큼 큰 아름다움은 없어요

어느 밭가의 꽃들이 풍선처럼 부푼 채 미소를 보냅니다

사랑의 용기는 폭탄처럼 터질 때 그 사랑을 이룰 수 있어요

<호박꽃>, 수인회화, 가변크기

섬세한 아름다움
— 부용화

어디에서 웃음을 빼앗기고 돌아왔을 때 당신을 만났습니다

나는 키가 작고 걸음은 느리고 목소리는 낮고 옷은 칙칙하고 골목길을 즐겨 걷고 혼자 노는 물고기 같고, 그래서 누구의 눈에도 못 드는 무명시인입니다

어느 여름날 산책길에서 누군가 나의 등을 조용히 껴안는 느낌을 받고 당신이 온 줄 알았습니다

섬세한 아름다움을 간직한 당신은 강물 속에서 홀로 반짝이는 별빛처럼 신비로워서 나를 다시 살려냈습니다

<부용화>, 나무컷팅에 아크릴, 35×25×2.5cm

행복한 종말
— 칸나꽃

가을 구름이 풍선처럼 떠서 수없는 외딴섬을 이루었습니다

갈피를 못 잡는 내 마음이 당장 세 들어 살고 싶은 고운 방과 같습니다

잠시도 가만히 있지 못하는 구름 속에는 당신의 얼굴과 나의 우울이 겹쳐 있습니다

어느 조용한 날에, 당신의 눈 속을 오래 들여다보라는 말 속에서 나는 두려움을 느꼈습니다

그리고 가을이 와서 당신의 모든 소식들이 끊기고 그제야 그 말이 행복한 종말임을 알았습니다

<칸나꽃>, 캔버스 위에 아크릴, 80×70cm

시인의 에세이

난 그렇게 인생을 바라봤어요[1]

박노식

간밤은 악몽이었고 아침에는 비가 그쳤다.

밀린 설거지를 그대로 놔둔 채 마당가로 가서 지난여름에 심은 아홉 그루의 어린 꽃치자나무를 모두 쓰다듬어주었다. 겨울에 얼어 죽지 않고 살아서 나를 한시름 놓이게 한 요놈들이 기특하고 한편으론 가여워서 고개를 숙이는 마음이 든다. 올여름에는 제법 꽃을 피워서 내 얼굴이 살아나고 눈빛도 생기가 돌았으면 하고 빌었다.

---

1) 「I've looked at life that way(난 그렇게 인생을 바라봤어요)」, 영화 <CODA> OST 중에서

오래전에 치자꽃 앞에서 셋이 포즈를 취한 사진 속 환한 얼굴들이 떠올라 울컥해진다. 지나간 일들은 초저녁의 쓴 술 같고 달콤한 무화과 열매의 속살 같기도 하다. 벌써 5년 전의 일이므로 그사이에 나는 너무 늙고 추레하여 징그러운 벌레의 모습이 되어버렸다.

그렇게 나는 내 인생을 본다. 그래서 거울 속에는 내가 없다.

#1. 그해 가을 오후의 녹슨 철길 위에서

지금 내 창가의 서가 한편에는 세 장의 엽서가 나란히 눈을 감고 있다.

프란시스 잠의 「애가」와 나짐 히메이크의 「진정한 여행」과 릴케의 「사랑은 어떻게」이다. 나는 이들 앞에 초록의 네 잎 클로버를 제물처럼 바쳤으나 지금은 색이 바래져 생기를 잃었다.

그런데 이 엽서에는 발신인이 없다. 우체국 소인이 찍혔지만 잉크가 휘발돼서 장소를 밝혀낼 수가 없다. 작은 위안이랄까. 엽서에는 그림이 있고, 한 장은 이중섭, 한 장은 피카소, 한 장은 세잔이다.

엽서 아래 큰 칸에는 고흐의 〈꽃피는 아몬드 나무〉 액자 그림이 있다. 그 흰 액자에 기댄 것은 명함만 한 크기의 거울 속에 박힌, 모딜리아니의 〈검은 타이를 맨 여인〉이

우수에 젖은 눈으로 나를 울린다. 그 옆 작은 공간에는 치자 열매 두 개가 거무스름하게 죽은 듯이 놓였다.

그해 가을 오후에 나는 녹슨 철길을 걸었다. 햇빛은 한가로웠고 코스모스는 놀란 표정으로 피어 있었다. 논둑길을 가로질러 오던 그가 나를 불러 세우더니 스마트폰 속의 사진 한 장을 보여주었다.

풀숲에 숨은 물잠자리 두 마리가 서로를 껴안고 있었다. 나는 "잠든 것 같다"고 말했으나 그는 "잠든 게 아니라 꿈을 꾸는 중"이라며 나를 놀라게 했다.

어젯밤 화순에는 폭설경보가 내렸다. 오늘 오후에 나는 두 해 전의 그 녹슨 철길을 찾았지만, 아무것도 보질 못했다. 눈이 모든 것들을 지워버렸으므로 세상은 고요하고 나는 적막했다.

#2. 그해 봄, '꽃말시'는 어떻게 내게로 왔나

지금은 고인이 된 시인 J로부터 연락이 온 건 그해 봄, 대낮이었고 햇살은 싱그러웠다. 송정리 중식당에 들어섰을 때 홀은 텅 비어서 착한 J와 작년에 갓 등단한 K가 나를 반겼다. 독한 술이 어지러웠다. 두 볼이 사괏빛으로 변할 때쯤 그에게서 연락이 왔다.

그는 식당 앞 작은 정원에 핀 연보랏빛 가녀린 꽃을 꺾어 들고 조심히 들어왔다. 평소 경계가 없을 만큼 당돌한 그는 앉자마자 명랑한 소리로 물었다.

"이 꽃 이름이 무엇인지 아세요?"

우리는 그 꽃의 이름을 몰랐다.

"라일락이에요."

"……"

"그럼, 이 꽃의 꽃말을 아시나요?"

누구도 그 꽃의 꽃말을 말하지 못했다.

"젊은 날의 추억이에요."

나는 그의 목소리 속에서 슬픔을 발견했지만, J는 무슨 영감이라도 스친 듯 순간 말을 꺼냈다.

"우리 '꽃말시'를 써서 보름 간격으로 셋이 합평회를 하면 어떨까?"

K는 시큰둥했고 나는 반응을 보였다.

돌아오는 그의 차 안에서 나는 줄곧 '꽃말시'만 생각하고 있었다. 그리고 산과 들과 강둑을 산책 삼아 거닐며 '꽃말시'를 쓰기 시작했다.

첫 시는 '라일락꽃'이었고 2021년 4월 12일이었다.

그해 7월 17일, 나는 운주사 매표소 매표원으로 일자리를 얻어 갔다. 출퇴근을 하거나 매표소에 머물며 숙식을

해결하는 동안, 그러니까 2022년 8월 9일, 우울증이 찾아오기까지 한 해를 꼬박 매표소에서 살며 무려 200여 편의 시를 쏟아냈다. 그리고 문예지에 간간이 발표했다. 그때부터 사람들은 나를 운주사 시인, 매표소 시인으로 불렀다.

이 광기 어린 시들은 내게 마음을 다친 채 새 짝을 찾아 떠났다. 스무 편은 2022년 봄 세 번째 시집 『마음 밖의 풍경』 속으로 들어갔고, 예순네 편은 2023년 가을 오롯이 네 번째 시집 『길에서 만난 눈송이처럼』으로 태어났고, 마흔두 편은 2024년 2월 다섯 번째 시집 『가슴이 먼저 울어버릴 때』에게로 갔으며, 서른일곱 편은 꽃말시 『언제나 사랑해』로 엮었다. 남은 시는 어두운 서랍 속에서 혹시 버림이나 받지 않을까 전전긍긍하며 애를 태우고 있을 것이다. 2025년 봄에 나는 이 가엾은 아이들을 살뜰히 불러내어 집 앞 개울가를 함께 걸으며 입맞춤하는 꿈을 꾼다.

'꽃말시'는 처음부터 시화집을 목적으로 구상했었다. 시집 한 권 분량의 60여 편을 염두에 두었으나 시화집으로 묶기에는 다소 벅찰 것이라며 그가 말렸다. 그래서 37편에 머물렀으나 꽃만 남고 훗날 그는 구름이 되어버렸다.

더는 가슴 저미는 일이 없길 바라므로 나는 죽은 사람

처럼 이 시화집을 열어보지 못할 것이다.

#3. 어떤 여름은 즐겁게 와서 순간의 슬픈 표정으로 사라진다

비가 내린다. 내 몸은 그믐처럼 야위었다.

거울을 보면 일그러진 얼굴이 마치 벌레 지나간 자국처럼 느껴워질 때가 있다. 이마는 지렁이의 무덤만큼 패었고 머리통은 보름달 위로 슬픈 먹구름들이 찢긴 채 흘러가는 것만 같다.

퉁명한 말투는 자신의 마음에 균열이 생겼기 때문이지만 누구나 타인이 되는 것처럼 사람들의 본심은 때로 먼 곳에 가 있다.
나는 그의 불안증세를 서툰 감정으로 잘못 읽고 선뜻 내게로 가져온 적이 있다. 그리고 폭풍이 몰아치듯 우울증은 걷잡을 수 없이 나를 무너뜨렸다.

어떤 여름은 즐겁게 와서 순간의 슬픈 표정으로 사라진다.

그해 여름, 나는 치자꽃과 옥잠화 속에서 하루하루를 견뎌냈다. '흰' 것은 내 앓던 병을 치유하고 안정을 되찾

아준다. 날이 밝으면 치자꽃 향기를 맡으며 어두운 생각들을 떨쳐내고 밤이 오면 옥잠화 흰 볼을 어루만지며 외로움을 건너갔다.

창문을 열고 거실 침대에 누워서 손깍지 베개를 한 채 멀리 모후산 정상 위로 흘러가는 흰 구름을 바라볼 때는 갑갑한 창자 속에서 박하사탕 한 알이 터지는 듯한 느낌이 들기도 했다.

시간이 더디 가는 것은 생활의 낙이 없기 때문, 그러나 그해 여름의 끔찍한 자해와 그 멍울은 돌 속의 지울 수 없는 무늬처럼 가슴에 깊이 박혀서 끄집어낼 수가 없다.

한 번의 웃음 속에는 수천 방울의 눈물이 스미어 있다. 그해 여름의 내 일기장이 심하게 구겨진 이유도 이와 같았다.

#4. 다시 찾아온 겨울 속에서 나는 물새처럼 살기로 했다

내가 닻을 내리고 정박 중인 한천寒泉 작업실은 유난히 차고 바람이 많아서 고립무원이다. 이곳에서 강산이 한 번 바뀌었다.

순탄하던 업을 접고 오지로 흘러 들어간 것은 오직 시를 찾기 위해서였지만 돌아오는 건 궁핍, 하지만 그 현실 속에서도 나는 다섯 권의 시집을 출간했고, 이제 한 권의 시화집을 내놓는다.

게으름 없이 일자리를 찾으며 복숭아나무 가지치기, 교량 공사 보조, 운전면허시험장 강사, 사찰 매표소 매표원 등 시 쓰기와 생존 사이를 드나들며 나름대로 열심히 달려왔다.

궁핍보다 힘겨운 것은 건강이었는데 버티기 어려울 만큼 몸이 망가져가더라도 나는 꼭 시를 써야만 했으므로 살아 있어야 했다. 그러나 시집을 출간할 때마다 마치 약속이라도 한 듯 병이 찾아왔다. 각혈 후에 폐 시술을 받았고 위암 수술과 허리 수술을 했고 우울증을 크게 앓았다. 지금도 시집을 출간할 때가 다가오면 또 어떤 병이 불쑥 찾아와 나를 괴롭힐까 내심 걱정이 앞서고 두려워진다.

그해 겨울 한철을 나는 꼬박 집에서만 보냈다. 며칠째 종일 눈이 내리고 어린 치자나무가 통째 눈 속에 파묻혀서 안쓰럽고 걱정되는 순간에도 내 머릿속은 오직 그해 여름의 상처로 가득해서 그가 만든 무인도에 갇힌 기분이었다. 그러니까 그가 발길을 끊어버렸으므로 고립이 나를 키운 셈인데 오히려 나는 이 적막함 속에서 시를 제대로 만난 듯했다.

눈이 녹아서 마당이 질컥거리고 그늘 아래 잔설이 빛날

무렵 나는 걷고 또 걸었다. 농로를 따라 고시리 저수지까지 왕복 세 시간을 걷는 동안 오직 시만 생각했다. 그러면 사나흘에 한 편, 어느 날은 물가의 왜가리같이 쓸쓸한 시 한 편이 귀신처럼 쑥 찾아와 길을 멈추고 그 자리에서 받아 적는데 바빴다. 엄지손가락만 한 두께의 메모장 안에 시가 쌓여가면서 우울증세도 한 꺼풀씩 바람에 날리고 있었다. 그렇게 그해 겨울을 간신히 버텨냈지만, 생존을 위해서 5도 2촌을 택할 수밖에 없었고 지금은 새로운 일자리를 만나 근근이 생활하고 있다.

나뭇가지 위에 눈이 쌓이는 모습을 오래 바라보는 것은 공허가 내게 일러준 나 혼자만일 때의 외로움의 극복 방식이다.

눈 위의 눈, 그 위에 또 눈이 내려앉으며 나무는 과거가 되어간다. 뼈아픈 일들은 모두 지나온 것, 덮는다고 해서 지워지는 게 아니고 잊히는 것도 아니다. 나뭇가지의 눈이 녹아서 그 아래 무수한 구멍들이 패이고 밤이면 그대로 얼어서 마치 녹슨 못 자국 여러 개가 가슴에 남아 있듯 너무 쓰라린 옛일은 공허를 만들어낸다.

살아야겠다. 그래서 잊기로 한다.

그러나 도저히 잊히지 않는 것들은 시 속에서 자결의 흔적으로 나타나고 만다. 아주 오래 앓았으므로 내 생활의 일부는 이미 병적이다.

달리 살아갈 방도가 없으므로 나는 오직 쓴다. 끝

달아실 기획시집 33

기다림은 쓴 약처럼 입술을 깨무는 일

1판 1쇄 발행	2024년 4월 11일
1판 2쇄 발행	2024년 5월 30일

지은이	박노식
발행인	윤미소
발행처	(주)달아실출판사
책임편집	박제영
디자인	전부다
법률자문	김용진, 이종진
기획위원	박정대, 이홍섭, 전윤호
편집위원	김선순, 이나래
주소	강원도 춘천시 춘천로 257, 2층
전화	033-241-7661
팩스	033-241-7662
이메일	dalasilmoongo@naver.com
출판등록	2016년 12월 30일 제494호

ISBN 979-11-7207-008-3 03810